金相和 詩人의 詩書畵

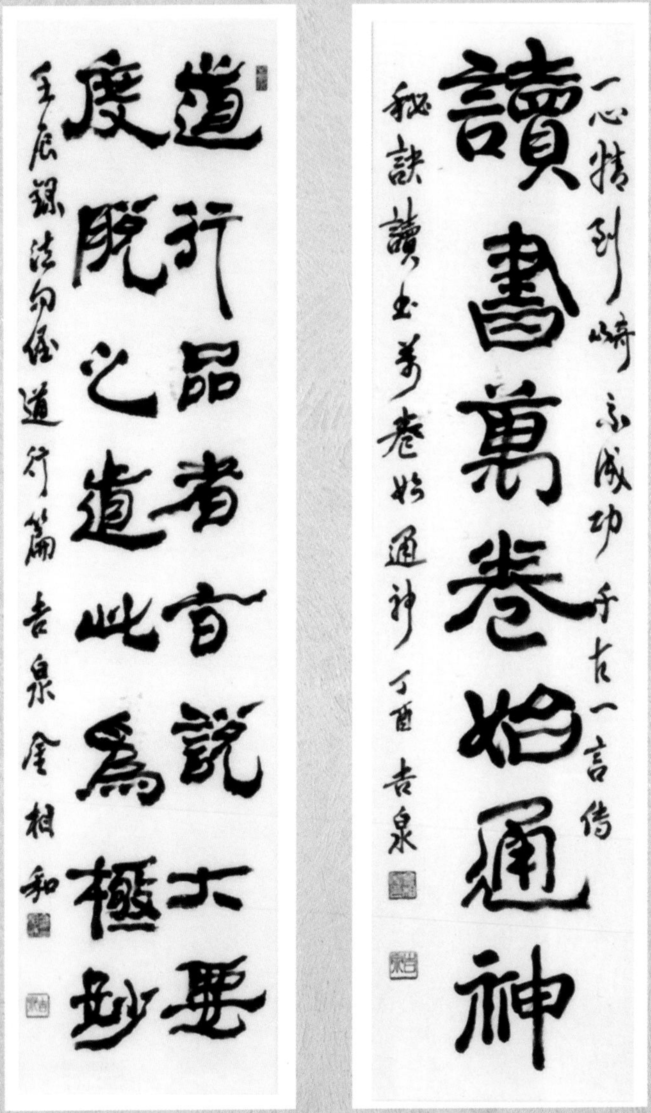
讀書萬卷始通神
秘訣讀書萬卷始通神 丁酉 吉泉
道行品者言說大要
度脫之道此爲極妙
壬辰錄法句經道行篇 吉泉 金相和

붓 끝에서 피는 꽃   시 김상화

상처 투성이 세월 속에
나이테를 잊고 사는
서러운 고갯길
송소리조차 내지 못한 채
조성스레 붓 끝에 온 혼을 모은다
여백에 피운 꽃잎
고향의 꽃 길
홍매의 실솔소리가 소담스럽다
가는 세월 길에 가시밭길 되어나는
지난 웅큼의 향기를 위하여
환 웅큼의 향기를 위하여
높푸른 산 능선 너머로
홀로 선 나그네의 작은 솔소리
활짝 핀 홍매의 여소가
희망찬 노래를 펴오리

이천 십오년 가을
묵빛 김상화
쓰고 그리다

忘心境自寂

忘心境自寂　境寂心自如　夫忘寂　心之謂雙心真宗　丁酉友　吉泉

떨어진 물방울 하나처럼 수많은 이별들이 하지 않았던들 눈앞에서 사라졌던

가슴 저리던 아픔을 삶으로 사랑과 용서의 풍금 소리 그때마다 사라져 가네

상처를 치유하며 꽃을 피우는 꽃으로 되어진 물의 꽃 바람을 방울

떨어지는 돌고 도는 새 상

그 여름

홀랜 맛 지느다

현대산화

德無常師

主善為師
善無常主
協于克一
丁酉之秋節
吉泉

春蠶到死絲方盡
蠟炬成灰淚始乾
丁酉秋日
吉泉

不老長春
戊子冬日
喜泉

붓끝에서 피는 꽃

김상화 시집

문학사계

머리말

　매화가 꽃망울을 여는가 싶었는데, 어느새 개망초가 달무리처럼 입체적 원형으로 다가온다. 황금메달에 백금반지를 끼운 형국이다. 참 좋은 때라는 생각이 든다. 그러나 꽃들도 나처럼 시간을 거슬릴 수 없으리라.

　열흘 붉은 꽃이 없고 십년 세도 없다고 하지 않던가. 정신없이 살다보면 여름 꽃도 가고 코스모스와 해바라기가 오겠지……. 대자연을 아름답게 장식하는 꽃들과 나는 함께 살지 못해 안타깝다. 연륜이 깊어갈수록 가랑잎 쌓이듯이 허전하다. 이럴 때 시가 없었다면 위로받지 못할 것이다. 그만큼 시는 내 인생의 길동무요 삶의 보루라 하겠다.

　막상 두 번째 시집을 내겠다고 용기를 내었으나 부끄러움이 앞선다. 그래도 나로서는 최선을 다했다고 스스로 위로하고 싶다. 절망할 때마다 나를 붙들어준 시와 함께 동고동락하면서 여생을 행복하게 살고 싶다.

　오랜 세월 훌륭한 말씀으로 가르침을 주신 스승님께 감사드리고, 따뜻한 미소로 격려해 준 문학가족 문우들에게 고마움을 표한다. 시를 생산할 수 있도록 도와준 가족과 지인들의 배려에도 마음 깊이 감사를 드린다.

단기 4351년(서기 2018년) 청보리 계절에

솔빛 김상화 적음

차례

머리말·김상화

제2부 대추는 노을처럼

제4부 구름이 쉬어가듯

제1부
희망의 속삭임

참깨

고소하게 볶인 참깨 알들이
입 속에서 톡 터지는 순간
온몸을 사로잡는 향기가
입맛을 솟구치게 한다.

모두가 부러워하는
신혼부부의 깨 볶는 소리
모든 음식을 맛나게 하는
고소한 사랑노래가 흥겹다.

어느새 혀끝에선 고소함이
구수한 인생의 잔재미 맛에
길들여지고, 길들여지고

청춘의 열기에도
다툼이 없던 참깨 알갱이
고소한 참깨 사랑에
미소가 피어오른다.

빈집

빈집에 무성한 잡초들
오랜 지킴이로 자란 상수리나무들
어머니처럼 반가워한다.

주인 잃은 꽃들은 잡초와 친해졌고
이름 모를 곤충들까지도
복잡한 인연으로 얽히고설킨 채
새 정 나누며 열심히 살아가는
빈집의 새 주인들이 다망하다.

굴뚝은 무너지고
손때 묻어 윤이 나던 가마솥은 녹슬어
옛 주인을 그리워한다지만,

떠돌던 흰 구름 피었다 사라지는
하늘 저 멀리 떠나신 부모님
가슴 한 모퉁이에 맺힌 이슬 저쪽
정적 속에 아련히 피어오른다.

윤사월

윤사월 밤하늘
보름달이 저렇게 고울 줄이야

구름이 바람을 일으키는 건지
바람이 구름을 춤추게 하는 건지

휘영청 밝은 달은
바람과 구름의 춤사위
환한 미소 지으며
개구리의 선풍(禪風)에
푸르른 산천이 깨고 잠든다.

실눈 뜬 내 가슴속에도
이 한 밤이 달님의 가는 곳을
가슴 설레며
달빛 따라 가고 있다.

골무

아득한 옛날같이
이름조차 잊고 산 물건들이
인사동에 널려 있었네.

그 옛날
할머님이 즐겨 쓰시던
귀여운 골무 하나
반가움에 눈길은 빛나고

두꺼운 솜옷을 만들 때면
최고의 역할로 손가락을
보호하던 귀여운 골무

작고 보잘 것 없어도
바느질 하는 데는
최고라고 말씀하시며
애지중지 여기시던 할머니가
아련히 젖어오고……

골무 위에 예쁘게 수놓은
여러 가지의 자잘한 꽃들
손가락에 끼워보며
전통을 이어오는 이의
손끝이 꽃처럼 아름답네.

아버지 햇살

송화가루 날리기 전에
물오른 새순을 꺾었다.

날카로운 낫으로
조심스레 살살 깎아
눈꽃 속살 허기 채우던 시절

손에 묻은 송진의 끈적임이
소나무 껍질 같은 손끝에서 묻어나오는
애잔한 아버지의 눈빛에
햇살의 미소가 피어오르고

입속에 퍼지는 새순의 향취
온몸 깊숙이 그리움을 심었다.

새순을 틔우기 위해
소나무들은 봄바람을 맞이하듯

봄이 오는 길목에서
햇살 같은 아버지
자애로운 소나무 산을 찾아
솔향기 가득한 그리움을 살렸다.

겨울밤

따뜻한 아랫목엔
숨소리 잠재우는 포근한 은어
목화송이 피어오른다.

따뜻한 솜이불 속에서
꿈꾸던 시절은
한밤에 내린 눈이 녹듯이
사라진 추억들

흰 머리카락의 증조할머니는
물레야, 돌아라. 세월아, 가지마라
애환을 감아 돌리시고

반백의 할머니는
목화송이로 솜버선 만드시고
버선코에 예쁜 꽃송이 꽃피우시던
아득한 옛날

눈꽃의 할매들이 두런두런
옛날이야기 주머니를 여신다.

고고시孤高詩

고뇌의 아우성을 잠재운다.

고통 속에서도
온 몸으로 여기저기 기웃거린다.

고난의 몸부림 속에
고맙게도 한 줄 시어가
번개 치듯
가슴에서 꽃처럼 피어오르면
비로소 환희의 날갯짓
날아갈듯 미소가 피어오른다.

고난의 날들이 아무리 반복되어도
좋은 시를 꽃피울 수 있다면
시련은 차라리 축복인 것을……

송아지가죽

보들보들한 촉감이 좋은
재킷과 핸드백이 유혹한다.

순하디 순한 눈망울을 생각하여
눈길을 피하다가
흥정과 함께 내 손에 넣자

쇼핑백 속에서
애절한 울음소리가
메아리치며 갈등을 일으킨다.

갈기갈기 찢기며
재봉틀 위에서의 잔인한 아픔을
눈물 머금을 큰 눈망울이
욕심에 두꺼워진 마음을
야들야들 무두질한다.

설중매雪中梅

살을 에이는 칼바람에도
갸륵한 눈꽃이 피는가.

새들의 노래 소리
새 희망의 합창이 이어지고

아들을 점지하여 달라고
천지신명께 빌고 빌고
합장하는 꽃송이.

핏빛 서럽게 핀
꽃망울도 아지랑이 가물가물
속눈썹에 서리는가.

눈꽃 속 번지는 꽃향기
고요한 침묵의 파문으로
은은하게 번지는가.

조모선祖母扇

살랑 바람을 일으키며
레퍼토리가 다양한
한여름 밤의 사랑 이야기

꾸벅꾸벅 졸면서도
손자손녀들의 눈망울 위로
아른거리는 부채 그림자

꿈나라에 사르르 잠들 때
솔솔 불어오던
할머니의 부채 바람 그리워

선풍기도 에어컨도
어림도 없는
할머니의 부챗살 같은
단아한 모습으로
언제까지나 바라보고 계시네.

화가상畵家像

푸른 하늘 흰 구름들
둥둥 떠돌던 여백을 잠재운 숨소리

설악산 한 모퉁이를
작은 붓 끝으로 화선지에 실어 나른다.

세월을 모르고 살아온 바위와
신비의 세계가 펼쳐지는 사계를
매서운 매의 눈빛
섬세하게 영원의 꽃을 피운다.

먼 산 능선 바위의 주름살 하나 하나
큰 나무 작은 잡초하나까지도
바람에 흔들리는 느낌마저도
작은 붓끝의 힘으로

하늘 위 영원한 혼불로
삶의 희망이 꿈꾸는 세상
불타오르는 화가의 혼은
시간의 숨을 멈추게 한다.

창호 풍경

찬 서리 마다않고
기다린 세월 몸속에 새기며
눈 오는 새벽녘
번한 창호지 속
환히 밝힌 호롱불 그림자

가을볕 한 움큼
문살 먼지 털어내며
창호지로 새 옷 입히는 날
서리 맞은 노을빛 들국화
시나브로 가을이 묶인다.

문틈 사이로
햇살이 활짝 여는 꽃향기
유년 시절 꿈결에 정지된
창호지속 꽃들이

그윽한 향기의 요정이 되어
문살속의 햇살이
환한 미소로 풍경을 꽃피운다.

매니큐어 나들이

작은 유리병 속
색깔들이 유혹한다.

애잔한 세월을 증언하듯
주름진 손등
색색의 물감들

손톱 위에 곱게 그림을 그리고
마음속 꽃을 피우며 나들이 한다.

고생한 발톱까지도
화려한 액체로 수를 놓으며
진열장 속에서 수많은 색들이
일어나 환영의 손을 흔든다.

반짝이는 보석 빛깔들
주름진 마음 위로하며
오늘만큼은
귀한 손발톱이 되어
무지개 마을을 나들이 한다.

각설이타령

달빛은 푸져도 배는 고팠다.

나무 사이 가로등은
깊어가는 밤하늘 초롱초롱
달빛과 별빛들 친구하고

유년시절
아련히 떠오르는 다리 밑 추억
거적도 부족하여
가마니때기를 이었지.

낯선 지붕 밑을 떠도는
각설이의 설움
한 맺힌 장타령꾼의 신세타령
숨 쉬던 곳이 눈에 선한데

정비된 다리 밑에선
음악회가 열리고
건강을 위해서
걷고 달리며 색스혼 연주가 한창이다.

풀벌레들도 목청을 높이고
잡초들도 신이 나서 춤을 춘다.
유년의 다리 밑
각설이타령의 한 맺힌 소리는 어쩌나.

장미의 꿈

비닐하우스 속에
장미들이 꿈을 꾼다.

가시 돋친 몸매지만 꽃의 여왕이라고
갓난아기 키우듯 꿈을 키운다.

싹둑싹둑 자르는 농부의 손길에도
눈웃음 일렁일렁 꽃 입술 오므린다.

새벽시장 환히 밝히며
새로운 인연을 만날 때마다

모두들 사랑스런 마음으로
소박한 미소 나누어 준다.

마음 깊이 고이는 향기에 취해
장미는 꽃잠에 빠져든다.

꽃 잔치

상왕산 도량은
멀리서 찾아온 생명의 빛들이
염화미소 잔치를 벌이네.

텅 빈 법당 안도 염화의 미소
구름솜 피어나듯 흥겨운 사람들

흘러가는 강물처럼 잡지 못할 세월을
꽃나무 아래서 카메라로 붙든다.

 포근한 솜이불 속으로
 밀려오는 꽃잎들

내 가슴에 겹겹이 수놓으며
왕벚꽃 꽃바람에 세월을 묶는다.

*상왕산 개심사 겹 벚꽃

봄꿈 잔치

얼음장으로 뒤덮인 호수 위엔
가을이 남기고 간 흔적들이
아로새겨져 있네.

솔바람 소리에 맞추어
하얀 고깔 쓴 승무의 장삼자락은
눈바람에 신들린 춤사위 눈부시다.

얼음위에서 추위를 잊고
눈꽃이 되어 숨죽인
여러 가지들 파르르 떤다.

눈꽃을 털며
속눈 틔울 준비에 잔치를 연다.

눈부신 태양은 무지갯빛
봄꿈 잔치에 여념이 없다.

희망의 속삭임

얼음이 녹지 않아도
산수유 생강나무 꽃이
봄을 알리며 희망의 미소를 주고

텃밭에선 수박 호박 참외 수세미 오이 여주
얼굴 큰 해바라기는
미소로 주변을 잘 지키며

노랑꽃들은 정답게 시샘하듯
희망의 눈빛을 준다.

줄기들도 정답게 얽히고 얽히어
볼 때마다 그렇게 신비로울 수가 없다.

열매의 모양도 따로 맛도 따로
노랑꽃들에 묘한 아름다움에
희망의 속삭임이라고중얼거린다.

눈이 온다고

눈이 온다고 좋아했는데
이렇게 쉽게 녹을 줄이야
어제는 진실을 말하며
살맛나게 하던 친구가 떠나고

오늘도 언 눈밭에서, 빙판에서
몸부림치던 친구가
또 떠나가려고 한다.

눈 녹듯 사라짐에
슬프고 슬프지만
가슴에 핏빛 멍울 담고
슬픔을 잊어야하는
살아 있는 자의 마음속에
슬픔은 이제 그만

눈 녹듯 마음을 비우며
삼세 묵은 업장
한줄기 사랑으로
가슴에 담아 망망대해 가는 길
눈꽃송이처럼 피었다 지리.

푸른 가방

해묵은 책 속에서
빛바랜 낙서들이
겸연쩍게 눈인사를 한다.

행복의 꽃길을 꿈꾸는
막연한 그리움으로
따스한 사랑의 체온을 기다리며

젊음과 낭만의 꿈길을
굽이굽이 돌고 돌아
여기까지 왔다고.

얼굴 붉어지는 사랑타령이
푸른 가방을 메고
다소곳이 걸어 나오며

복사꽃 만개한
열일곱 순정이라고
영사기 필름처럼 스르륵
빠른 템포로 휘감겨 온다.

모순 하모니

귓속에서 도깨비들이 일어나
지구를 맴돌며
정신을 교란시키고
허둥지둥 소음으로 뒤엎는다.

달팽이관에서 전개되는
질서와 무질서의 반란
때로는 물소리 바람소리가
잠을 설치게 하여도

계절 없는 귀뚜라미 소리는
언제나 오케스트라 흉내를 내지만
정작 들어야할 말소리는 들리지 않고

어항 속 물고기의 입술처럼
입모양에서 눈빛으로 대충 이해하고
볼 수 있다는 데에 만족하며
예술은 모순의 하모니라고 스스로 달랜다.

버리기 연습

채우기 위해
열심히 살아온 세월

어제도 오늘도
버리기에 애쓰는 것은 비우기 위함이다.
마음속 욕심도 버려야 편안하리.

버리려고 하니
손때 묻은 정든 추억이 아깝고
곁에 두려고 하니
쓸데없는 물건들 눈 흘기며
냉정하게 결정을 하라고 한다.

오랜 세월
먼지를 털어내며 애지중지해왔던
젊은 날의 소중한 추억들
그때는 몰랐었다.

청춘을 버리고 추억을 버려야
편안한 마음이라는 것을
오늘도 버리기 연습을 한다.

제2부
대추는 노을처럼

가을밤

깊어가는 가을밤
풀밭에서 음악회가 열립니다.

이름 모를 잡초들은
바람에 살랑거리고
풀벌레들 소리 높여
화음으로 반갑게 인사합니다.

흥에 겨운
들국화 향기에
이름 모를 꽃들도 춤을 추고

밤나무들은 노래에 맞추어
알밤 떨어뜨리는 소리
깊어가는 가을밤이
열매들도 무르익어가는

이슬보다도 옥구슬보다도
더 맑은 소리로 환호하며
자연의 연주회는 익어갑니다.

달빛 스케이트

처음 찾은 운동기구점에서
부모님 몰래 용돈모아
겨우 장만한 스케이트

배울 시간 없어
친구랑 달밤에 강으로 가곤 했다.

우린 추운 줄도 모르고
넘어지고 넘어지고 또 넘어지고
수없이 넘어진 후에야
겨우 일어나 움직이던
그 순간의 환희

팔다리 멍든 속에서도
강한 인내력이 솟구쳐
달빛도 웃고
강에 꽁꽁 언 얼음들도 쩡쩡거리며 웃고
몸과 같이 수난의 상처가 생길 때
스케이트 선수인양 신이 나던
달밤의 소녀가 그립다.

그 시절 죽을 고비 넘기면서
오뚝이의 정신이 몸속에 꿈틀거렸다.
그 때를 생각하면
겨울 달빛에도 힘이 솟는다.

시집을 시집보내며

늦둥이 시집이 세상에 태어났다.

우송하기 전에
이름을 쓸 때면
손끝에서 펜이 떨리고 긴장한다.

긴 세월
잊고 살던 친척이나
친구들을 떠 올리면서
정성을 모아
한 분 한 분 이름을 적는다.

이름 석 자 속에
다시금 추억 속으로 떠나는 여행
소중한 시어(詩語)에 혼이 스미어 떠난다.

정성을 수놓아
시집을 시집보내는 날
마음 졸이며 사인을 한다.

시집 속에는 1

시집 속에는
봄꽃들이 서로의 예쁜 인연으로

책갈피 속의
시간을 붙든 채
시어와 함께 희망을 속삭인다.

한 장 한 장 넘길 때마다
마름꽃들이 다시 피기 시작한다.

봄에 피는 꽃들이 책장 속에서
또 다른 시어의 꿈을 꾸며

꽃처럼 아름다운 꿈을 펴야 한다고
시인의 마음을 그리면서
조심조심 책장을 넘긴다.

아름다운 시어를 향하여.

시집 속에는 2

우주만물이 꽃핀다.

착하고 아름다움이 모여
사랑도 아낌없이 하고
가슴에 박힌 못들을
시원하게 뽑아주는 시어 한줄

눈 녹듯 다 녹여주는
삼라만상의 인연들이
맑고 청아한 하늘빛처럼
온몸으로 춤추게 하는 말씀

몇 마디의 시어는
온몸을 저리게 하고
후련한 가슴으로
시집 속 진솔한 언어와
하염없이 동고동락한다.

대대손손 가슴 저리는
알맹이 언어들을
사랑스럽게 음미한다.

붓끝에서 피는 꽃

상처투성이 세월 속에
나이테를 잊고 사는
서러운 고갯길

숨소리조차 내지 못한 채
조심스레 붓끝으로만
여백에 꽃피운다.

세상 풍파 잘 견딘
홍매의 숨소리가 소담스럽다.
가느다란 가지 끝에 피어나는
한 움큼 향기를 위하여

긴 세월
깊은 골짜기 빠져들어
높은 산 능선 쳐다보며
외로운 나그네의 가다듬는 숨소리

활짝 핀 홍매의 미소에
희망의 노래 들려온다.

대추는 노을처럼

노을이 물들 때
대추의 얼굴도 발그레하게
가을 햇살에 익어갔다.

자식농사에
청춘을 다 바치시고
앙상한 대추나무 가지에
주굴주굴 주름진 한 알의
대추로 남아 한스런 모습으로

달빛과 동무하여
차마 떨어질 수 없는 목숨
시리게 시리게 서럽게도
달빛 기도 올리신다.

화가 이중섭
-<길 떠나는 가족> 연극을 보고

선량하기 이를 데 없는
화가 이중섭

암울하고 척박한 시절
한 많은 표현을 담배 곽 은박지에
그린 그림은 황소의 절규
둥근 평화를 갈구했다.

큰 꿈의 대형 벽화
투지어린 가슴속의 한

자유를 위해서
자신의 영토는 오직 사랑 조국
부모형제 부인과 자식

낭만을 버리고
순수를 버렸다면
그렇게 허무한 이별은 없었을걸.

광기어린 야성의 붓질은
끝없는 자책과 자책에서도
예술의 혼이 눈시울을 젖게 한다.

마당 넓은 집

어머니가 널어놓은
이불 호청이 빨랫줄에 펄럭일 때

우리들은 이불호청 사이를
숨바꼭질하면서 깔깔깔 신이 났었지.

뒷마당 감나무 위
새들은 연신 짹짹거리며
우리와 화음을 맞추었지.

홍시 하나 떨어지려나?
감나무 밑에서
바람이 불기를 기다릴 때

어디서 보셨는지
자상한 아버지께서
긴 막대기로 따주시곤 했었지.

마당이 넓은 집 귀퉁이에
주렁주렁 매달린 황금열매 쳐다보며
아버지 어머니께서는
흐뭇한 얼굴로 미소 짓고 있었지.

꽃 배달

초인종 소리에 문을 여니
꽃 배달 할아버지가 오셨다.

자식을 애지중지 안듯
가슴에 꽃바구니를 안은 채
행복한 미소를 전한다.

관절이 삐걱거려도
노익장을 과시하시는가.

꽃 같은 자식,
피어나는 꽃봉오리 손자에게
선물하고파
사랑의 꽃배달 나서셨단다.

꽃바구니 가슴에 안고
행복을 전하는 할아버지는
끝없는 사랑으로 걷고 또 걷는다.

왜목 마을 할매

굽어진 호미
굽어진 다섯 손가락
굽어진 무거운 허리로
비뚤어진 무릎으로 석화(石花)를 캔다.

썰물 빠져나간 뒤
잔인한 파도에 시달리던
바윗돌과 사랑을 나누는 굴들의 단잠을
무섭게 콕콕 찌르며
거북이 손등 같은 손길로
한 알 한 알 보람을 모은다.

긴장된 시간의 파도 소리 들려올 때면
호미의 끝자락을 바삐 놀리고
한평생 사연 많은 바다의 친구 되어
이별의 아픔을 후벼 파며
왔다가 가는 세월 흥얼거린다.

풍악송風岳松
-변월룡 거장 회고전을 보고

거대한 소나무는
떠도는 이의 슬픈 지킴이

긴 세월 아픔의 흔적
자유의 몸부림, 정신의 뿌리

태풍이 몰아쳐도
뒤틀리고 뒤틀린 시련에도
수호신으로 가슴에 품으며

강약의 붓질로
한민족의 끈질긴 의지로
자유의 싸움에서
이기고 돌아온 철갑 소나무

어둠속 떠돌았던 디아스포라
이제야 산천초목 꽃피어 찾아온
붓끝에서 자유의 노래 들려온다.

흑백사진 1

반백년 세월에
까맣게 잊고 살던
빛바랜 초등학교 졸업사진

기억초차 없는 친구들이
사진 속에서 순수한 모습으로
포즈를 취하고 있네.

카톡에 올렸더니
코흘리개 친구들이
동심의 세계로 추억을 나르느라
웃음꽃을 피우네.

풍파 심한 세월
무사히 견뎌온 친구들
아득한 과거 돌아보며
추억을 수다 떨고 있네.

흑백사진 2

45년 전
결혼식 사진 속에는
가족과 친지들이
꽃처럼 웃고 있다.

아득한 세월
한 분 두 분 먼 길 떠날 때마다
얼마나 많은 눈물을 흘렸던가.

세월을 증언하는
흑백사진을 들여다보면
울컥하는 가슴

강물처럼 먼 길
돌아 돌아 돌아온 세월
하루 또 하루
퇴색한 사진, 희미한 추억,
세월의 빛이 바래만 간다.

탈색된 리본

경계선 무서움에 조심스레
대롱대롱 매달려 속울음 우는 리본이
나비처럼 몸부림치고 있다.

한스런 앙금으로 고인 눈물
주름살 서럽게 구겨진 상흔
까맣게 타버린
가슴속 사랑은 그대로인데
희미한 소망 하나 빌고 빌며

내 고향 담장 사이 나비 춤추며
그리움이 살아서 왔노라고
안부를 전해주오.

지친 날개 희미한 목소리로
이 생의 마지막 인사를 부탁한다고.

유리 구두

신데렐라도 아닌데
멀리 떠나간 세월이 야속하다.

그래도
백마 탄 왕자를 기다렸는데
하향곡선의 칠부 능선

이 사람은 이러려니
저 사람은 저러려니
갈등하는 제2의 사춘기

오늘도
혹시나 하고
우연을 기다리며 주름을 숨긴다.

고수鼓手

풍경은 컨덕터
자연 화음에 맞추어
산천이 너울너울 춤을 추네.

영산회상곡은 불보살의 노래
인생사 굽이굽이 울려 퍼져
신령한 물결 휘감아 흐르네.

하늘에도 땅에도 행운유수
가슴마다 잔잔한 파문이 일어
맑은 소리로 미소 짓게 하네.

둥근 평화
-이중섭의 <길 떠나는 가족>

두 팔을 벌려서 하늘로 올려
한 곳으로 모도우면
둥근 평화가 되고,

양손 끝을 아래로 내리 숙이면
지순한 사랑이 되며,
새와 닭과 물고기를 그리면
천진난만한 소년이 된다.

손바닥 만한 은박지에
스미는 담배 연기 끝에
뼈와 가죽만 남은 소 그림
진실한 예술혼만 살아서
관객들 눈시울 젖게 한다.

짝사랑

애교쟁이 담쟁이는
진정으로 소나무만 사랑하나보다.

새 봄날 새 눈으로 피어오르고
귀여움으로 살랑대며
무뚝뚝한 소나무에게 말을 걸지만
변함없는 바람소리 뿐

간절한 담쟁이는 푸른 날개 위로
색색의 옷으로 단장하고
매혹의 몸부림으로
온몸 간질이며 사랑을 내비쳐도
사시장철 묵중한 모습의 도인처럼
속웃음 띄며 바람과 함께 노닌다.

애타는 담쟁이의 심정
질긴 짝사랑에도
아무 일 없었던 듯 초연하게
가을바람에 미동도 없다.

겨울사랑

고운 숨소리 담아 올린 무지갯빛
한 올 한 올 떠올린 털옷 한 벌

하얗게 얼어붙은 눈꽃송이
혹독한 추위에도
나무들에 고운 마음으로
손끝 정성으로 곱게 입혀준
찬란한 빛깔이 눈부시다.

사랑의 정성 속에
뿌리들 힘이 솟는다.

찬바람이 불어와 흔들어도
가느다란 가지 끝에
희망의 숨소리 들린다.

※덕수궁 돌담길 겨울나무에 입힌 뜨개실 작품을 보며

돌탑

기도하는 심정으로
층층이 쌓아올린
돌탑에 돌을 주워 얹는다.

사연 많은 돌들은
깊은 산속이어도 외롭지 않다고
한 가족이 되고, 이웃이 되고
고을이 되어 오가는 인척들

층층이 아름다운 탑들이
돌들을 모으라고 손짓을 한다.

해가 뜨면 희망을 주고
노을에 젖을 때면
솜이불에 안기듯 포근한 본향

간절한 마음으로
작은 돌 하나 주워
숲속 돌탑에 보탠다.

할아버지 서궤書几

할아버지의 서궤(書几)를
책상(冊床)으로 쓰고 있다.

워드프로세서로 뚝딱 뚝딱
할아버지 문방사우 대신에
컴퓨터와 동무하고 있다.

지상 어디에 가도 사통팔달
알릴 수 있는 세상이 되었다고
하늘나라에 편지를 쓴다.

이 서궤가 태어날 때
후손들을 위해 쏟으신
할아버지의 손길이 잡힐듯하다.

세상풍파 겪으면서
어쩌면 사라졌을지도 모르는
소중한 가보 위에서
손녀가 시를 쓰는 줄을
할아버지는 알고 계실까?

긴 세월의 이야기를 쓰면서
세월 흐른 만큼 더 고와진
나뭇결 무늬를 눈여겨보며
새로운 세상을 찾아가고 있다.

제3부
돌멩이의 춤

눈빛

어머니의 눈빛은
넓고 넓은 검푸른 바다
깊고 깊은 자애의 해심

짠 맛의 보석들이
바다에 몸을 맡기고
속 깊은 온정으로
파도 소리로 보시한다.

조선요리를 만들 때면
찌개처럼 끓는
무등 맛을 내는 솜씨

어머니의 가슴은
야릇한 바다 속 비밀
지혜와 자비 사리 알맹이.

엄마 손

곱디고운 엄마 손
젊은 날의 엄마 손이
대나무 뿌리처럼 되었네.

기나긴 세월
풍류객 아버지의
매끈한 손을 대신하느라고

잠시도 쉴 새 없이
사시장천 비바람에 흔들리던
대나무의 잎이어도

굵어진 피부 속 심줄이
곧은 절개 뼈 마디마디의 강함이
죽순 같은 자식들을
청죽 일곱 그루로
사시장청 푸르기를 기원하네.

물레방아

성철 스님의 동그라미 하나
돌고 도는 원형의 세상
물레방아 철퍼덕 철퍼덕
힘껏 떨어지는 둥근 마음

떨어지는 물방울처럼
수많은 인연들이
왁자지껄 눈앞에서 사라지듯

가슴 쓰리던 아픔의 날들도
한 맺힌 원망의 사연도
사랑과 용서의 동그라미를
그리며 사라져간다네

상처를 치유하며 둥글둥글
웃음꽃으로 피어난
물의 꽃 포말로 떨어지는
돌고 도는 세상
물방울 하나……

묵은 지

의리에 살고 의리에 죽는다는
세 사람의 꿈은
오직 최고의 연기자가 되는 것

하지만 결혼과 동시에
꿈은 연기처럼 사라지고
남은 건 가족 위해 살아온 세월

세 여자들은 만나면
세 남자들의 흉보는 재미에 산다.

만나면 만날수록
흉보는 이야기가 많은 것은

연기자 꿈이 연기로 사라진 탓이지만
그래도 세 친구가 있어서
의리로 여기까지 걸어왔다고

여인 삼총사는 오늘도
희로애락 속 깊은
묵은 지 맛에 긴 사연 더욱 깊어간다.

돌멩이의 춤

돌멩이들이 모여 사는 산속에
굴러온 돌멩이 하나
외롭게 하늘을 보네.

물결에 씻긴 돌멩이
나비 되어 하늘하늘
하늘로 올라가고 싶어 하는가.

미덕은 어디로 가고
추임새 끄떡없는 돌탑 앞에서
탈춤의 몸부림을 흉내 내는지
춤추다 지쳐서 사라지는가.

대추차를 끓이며

잠을 설치고 나서
대추차를 끓인다.

끓는 주전자 속 대추에서
아버지의 손길이 떠오른다.

무르익어가는 가을
유혹하는 빨강대추

아버지는 대추나무에 오르셔서
휘청대는 바지랑대로
온힘 모아 대추를 터셨다.

대추가 떨어질 때마다
신나던 칠남매의 웃음소리

세월 흘러 주름진 모습으로
달여지는 대추차를 보며
보이지 않는 아버지 추억에
눈시울 젖는다.

커피 한잔

우리는 아까운 줄 몰랐다.

우람한 바위위에
자리 집은 분위기 좋은 찻집

창가에 앉아 설레며
하늘의 구름들 춤추는 파도
자리 바꾸어가며 매스게임을 하는
정경을 바라보는 꿈을 꾸다가

차를 시키려는데
한잔에 일만 팔천 원
잠시, 두 사람
눈이 휘둥그레진 모습이
놀란 토끼 같았다.

자리 값이 비싸다지만
처음이라는 이유로 마시면서
만원이라고 해도 비싸다고 했을
두 사람은 분위기 좋던 순간

너털웃음 웃으며
변한 세상 적응하자며
노을빛 찬란한 바다를 품었다.

콩 주머니

정월 대보름 전야
할머니와 어머니께서는
아홉 가지의 묵은 나물과
아홉 가지의 잡곡밥 준비에
여념이 없으셨다네,

아홉 가지의 곡식들을 볶느라
흰콩 검정콩 쌀 보리쌀
좁쌀 수수 찹쌀 땅콩 옥수수
구석구석 놓으시며

그저 우리식구 잘되게 해달라고
우리 손자들 무사하게 하여 달라고
기도하시던 모습이 엊그제 같은데

할머니가 주신 주머니들…
설날은 복주머니
보름날은 콩주머니
볶은 콩은 주머니 속에 넣어서
오랜 간식으로 먹던 그 시절
내 가슴에 두고두고 살아 있다네.

조상弔喪

정지된 시간의 사진틀 아래
국화꽃 한 송이
바치는 손이 파르르 떤다.

가슴에 내리는 안개 속에
추억처럼 헤매는 물방울들
눈에서 허공에서 흘러내린다.

살아온 세월
회상되는 회한을 쓸어내리며
큰절을 올린다.

그러나, 그러나
어느 곳으로 가는지 망망한 세계
외로운 나그네 되어 길 떠나는
친구에게 큰절을 하다니

영영 이별에 눈물 흘리며
국화꽃 한 송이
너의 모습으로 부둥켜안고 있다.

돋보기

실을 꿰어 달라는
증조할머니와 할머니

두 분의 돋보기는
어린 손녀의 반짝이는 눈동자

설날이 다가올 때면
바느질하는 일이 많았던 시절

이불에서 옷에서 버선 까지도
바느질만 해도 겨울 내 실과 바늘이
할머니 손에서 떠날 줄 몰랐다.

눈이 침침한 할머니께서는
부탁을 하지 않아도
당연히 돋보기가 되었던 어린 손녀

설을 앞둔 겨울밤
단추 하나 달기도 힘든
시력에 돋보기를 찾는다.

유산

장롱 속에서 숨쉬고 있는
삼베 한필 반

시어머니의 정성은
무릎 속에 숨어있는 솜털이
수없이 이어진 실오라기

가느다란 줄 이어
날실 씨실의 완성품

오남매 우애를 기도하시며
똑같이 후손에게 물려주신
삼베 올에 담긴 이야기

오매불망 수많은 시간 속에서
질긴 인연의 끈으로 이어놓으신
귀하고 귀한 어머니 유산.

보릿고개

풋풋한 보리밭은
봄바람 훈훈한 어머니 가슴

푸른 바다 춤사위에
휩쓸리는 보리들
산에 들에 피는 봄꽃들
허기를 달래며 위로하네.

하얀 이팝나무 꽃들만 보아도
구수한 쌀밥 생각이 나던 시절
어머니의 소망은 저 꽃이 쌀이라면
꿀맛 같은 쌀밥으로
자식의 얼굴이 환해질 텐데

어머니는 들로 산으로
초록빛 새순들을 모아
가족의 배고픔을 해결하셨지
보릿고개 넘긴 세월
보리누름 언덕에 어머니가 오시네.

꽁보리밥

꽁보리밥에 질린
세월이 있었네.

보리 고개엔
보리죽도 먹기 힘든 날
보리죽도 감사하고 감사해야 된다고……

어머니는 자식들
굶기지 않으시려고
죽 아닌 냉수로 허기를 채우셨지.

봄이면
푸른 보리밭과 종달새
친구하시며 행복한 꿈속에서
배고픔 달래셨지

보리 수염들을 태워서
비벼먹을 때의
굵은 보리알들을 보시며
미소 짓던 모습

먹기 싫었던
보리밥이 건강을 위한
보약이 되었네.

꽁보리밥을 비빌 때
허리띠 졸라맨 어머니가 보였네.

검정고무신

낡은 검정고무신에서
꽃들이 웃고 있었다.

흙 한줌에 의지하여
추억을 부르고 있었다.

아지랑이 피어오르듯
유년시절 아련한 그리움
하얀 고무신이 부러웠고
운동화를 신은 친구는 더 부러웠다.

없는 게 없는 세상
그때를 생각하면 부러울 게 없는 세상인데
인정이 메말라 마음들이 가난하지.

귀한 줄 모르는 물건들 속에
신발 속 꽃들이 정겨운 눈으로
가난했던 그 시절을 기억하며
그때가 행복했노라고
아슴푸레한 추억 속으로 달려간다.

떠돌이 화원

미니트럭 속에 소복소복 꽃들이 모여
가슴속 신혼의 봄 햇살 피어오른다.

떠돌이 자동차 안에 푸른 꿈을 가득 안고
오늘은 비록 가난하여도
내일은 빛나는 꽃을 피우리.

만삭의 아내와 젊은 남편은
꽃과 같이 고운 미소로 손님을 맞는다.

다양한 꽃들은
절망을 분갈이하고
새 인연에 미소를 보낸다.

꽃 사세요!
목청 높여 꽃불을 지핀다.

매생이국

명주실에 청물 들인
비릿한 바다냄새
보드라운 실오라기 한 뭉치

냄비 속에서
푸른 바다가 들끓어
저녁상차림에 파도가 밀려온다.

한 그릇의 바다
물결에 휘말려
허기진 속을 채우며

매끄럽게 넘어가는
푸른 꿈이 출렁이며
온 몸 혈관 속에서
신선한 파도에 빠져든다.

손수건

가위질을 하다가
문득,
헌옷으로 재활용하시던 모습이
눈에 선하다.

입학식 날 왼쪽 가슴
고이 접은 하얀 손수건 위에
빛나던 명찰

가슴에 달고 신나하던 발걸음이
떠오르면 지금도 신이 난다.

손수건도 없어서
헌옷을 찢어 달고 온
친구들도 학교에 다니는 것만이
행복했을 그 시절

사각모서리에 새겨진
예쁜 꽃 한 송이
명품 중의 명품인
자랑스러운 엄마의 손길

가슴에 달아주시던
하얀 손수건……

마사지

온몸을 감싼 삶의 껍질들은
조용히 삭아져가도
가슴엔 영글어진 꿈이
맑은 샘물 가득한데……

삶에 지친 몸매에
관절마저 힘이 없어
새로운 손맛을 받아들인다.

설탕에 절여진 매실 알갱이처럼
몸속의 원액이 다 빠져나가
메마른 몸과 마음의 껍질에

마법 같은 손끝으로
응어리진 혈들을 풀어내고
새 피를 돌게 하며
늙어가는 삭신도 꽃피게 한다.

족보

족보가 있어서
이름값 하는 개, 그리고 강아지

시집장가도 가지 못한
총각 처녀들의
자식이 되어버린
귀여운 가족
즐거워 어쩔 줄 모른다.

인간 족속보다도
더 애지중지하고 충성 다하는
이름값 하는 가족
진귀한 웃음꽃을 피운다.

말 한마디

눈에 넣어도 아프지 않을
손자 손녀가
"아프지 마세요!" 하고
포옹하며 합창을 하였다.

가늘고 긴, 투명한 줄을 타고
이슬방울 한 방울씩
작은 숨소리 내며
혈관 속에 퍼질 때

아이들의 말 한 마디에
생명의 꽃이 피어오른다.

링거액 같은 이슬방울이
흐르는 힘겨운 눈동자 속에
살아온 긴 세월
기쁨 슬픔이 함몰되어 헤맬 때

고사리 같은 손이 와서
이마를 짚을 때
온기가 온몸으로 스미어
작은 물방울이 분수처럼 솟는다.

새 달력

지난 달력은
감사의 마음으로 떠나보내고
밝은 미소로 새 달력을 맞는다.

한 달 한 달 하루 하루
일 년의 계획을 동그라미에
담아두고 꿈꾸는 소중한 날들

집에서 눈에 가장 잘 띄는 곳
안방거실 시시때때 바라보며
힘차게 하루하루 365일
무사태평 기도하며 시간의 강을 건넌다.

제4부
구름이 쉬어가듯

풍경소리

하늘에서 구름이 움직일 때마다
가슴 속에서는 잔잔한 파문이
맑은 소리로 온몸 미소하게 하네.

긴 세월 살아온 나무들도
풍경소리 울리는 대로
나뭇가지는 너울너울 춤을 추며
화음을 타고 흐르네.

영산회상곡 노랫가락이
한 많은 인생사 굽이굽이 울려
천지간에 휘감아 흐르네.

풍등風燈

거제도 밤바다는
화합의 기도로 울고 있었다.

풍등에 날개 달아
꽃불로 한마음 한뜻으로
하늘에 소원을 빌고 있었다.

검은 바다가 삼킨
꿈에도 있을 수 없고
상상도 할 수 없는
여리고 여린
예쁜 꽃들의 기막힌 사연

가슴 속 휘몰아치는
눈물의 아우성 소리
꽃처럼 피어나라고
어서 돌아오라고

혼신의 기도 올리는
꺼지지 않는 불빛에
반짝이는 별빛처럼 영원하라고
하늘높이 떠가는 풍등 불빛 속에
두 손 모아 기도하고 있었다.

윤회의 길
-선운사에서

일출의 붉은 얼굴은
절 마당의 상사화
곱기도 하다.

이슬방울 영롱한 눈에
고운 눈물 맺혔다.

비단옷 차려입고
멀고도 먼 길 찾아와도
만날 수 없는 운명인가.

한 몸이어도 볼 수 없는
엇갈린 한 세상

고운 꽃밭에서
몇 바퀴를 돌아야
우리 만날 수 있을까.

눈감고 거울보기

눈을 감은 채 거울을 보면
초동이 되고
꿈 많은 소녀도 되어
가슴속에서 샘이 솟는다.

탄력 잃은 피부가 탱탱해지고
희미한 눈동자 속 사막에
느릿한 낙타의 걸음걸이가
어느새 초원의 조랑말 걸음새가 된다.

지난 세월의 기억으로
용기를 내는
투명한 마음의 거울
꿈꾸듯 아름다운 꽃들이 핀다.

보문사 가는 길에

갈매기들은
우리를 반기는 건지
과자 조각에 정신이 팔려있다.

속을 채우고 채워도
허기진 모습으로
무서운 돌격대가 되더니
손끝 새우향기에 신들린 듯

옛 맛을 잃은 몸짓
파도위에 묘기를 부리며
날개 짓으로 보시하는가.

수평선상에 마음을 비우며
번뇌 녹이고 녹이는
웅장한 암벽 관음상 앞
자연의 신비에
기도의 땀방울이 녹아내리네.

오가는 뱃길
갈매기의 노래 소리
무량수불 공덕으로 흘러가네.

보시 1

봄바람이 꽃잎을 날려 보낼 때는
바람이 그렇게 미울 수가 없었다.

여름날의 태양은
달구어진 인두로
찌르는 듯한 뜨거움과 무서움
숨막혀 죽을 것 같은
불안과 공포의 전율에 숨이 막힌다.

그러나 섭리는
온 세상에 열매가 주렁주렁
그렇게 반가울 수가 없다.

보시 2

관세음보살님의 미소보다
더 따뜻한 옆집 아지매의 마음

목숨 줄 이어놓고 떠나가신
그 가슴은 정열 덩어리

세월이 흐른 후에 알고 보니
여우새끼에게 젖을 먹여 살려준
대안대사 같은 분.

세월이 흐를수록
어렴프시 뚜렷해지는 모습

한치 앞도 모르고

까치가 숲을 잊은 채
전봇대 위에 집을 지어 산란하고
기쁨의 노래 부르고

능소화 한 줄기
전봇대를 포옹하며 꽃을 피워
환호하게 하지만

까치집도
힘차게 오르는 능소화 줄기조차도
전신주의 위험 때문에 철거될 신세

한치 앞도 모른 채
부지런히 먹이를 찾아
천둥 우레 속에도
고운 미소로 꽃피우고

즐거운 환호와 비명 속에
자기 자리 찾기 위해
허둥지둥 열심히 열심히 살아간다.

하늘공원에서

평화의 수를 놓은 양떼구름들
노을빛에 빙 빙 도는 바람결
백발의 억새들은 한가로이
학춤을 추며 노래 부르네.

이승과 저승의 날갯짓
아름답다고 가슴을 흔들어
억새들은 해가 저물도록
손짓하며 살풀이춤을 추네.

억새의 신들린 춤사위가
한 서린 어머니 백발처럼 날리며
하늘 공원 잔치에
도시의 라이트 불빛도
하늘로 치솟아 뻗쳐오르네.

구름이 쉬어가듯

아름다운 단풍나무 아래
공원 벤치에 앉은 노부부
오순도순 이야기꽃을 피운다.

바람이 지날 때마다 우수수
머리 위로 떨어지는
낙엽들의 울음소리

화관 쓴 소녀처럼
곱디고운 추억들
첫사랑 고백하듯
미운정도 다독이며
은근한 미소로 발효시키네.

단풍잎 사이로 주름진 미소
두 손 꼬옥 잡고
서로의 지팡이가 되어
남은 인생 서로 의지하며
노을 길을 쉬엄쉬엄 쉬어가네.

나비표본

꽃마다 향기 끌어 모아
예쁜 날개 달았나.

꽃들의 정기
예쁜 문신 새겼나.

오색 광채로
유리상자 속 눈부심
날개의 유혹

뜨거운 숨결 숨소리 들리듯
가슴에 못이 박혀도
간절한 발원으로

다양한 모습의
천상의 나래
유리상자속 날개가 눈부시다.

개미귀신

견인차가 한가롭게
길모퉁이에서 시간을 죽이고 있다.

기다림에 지친 날은
사고가 없는 날

여기저기에서
불행의 씨앗들이 터져야
생계가 이어지는 삶

빛과 어둠의 세상사
24시간 피곤한 몸으로
죄스러이 눈뜬 봉사가 되어

어제도 오늘도 간절히
사고 소식을 기다리고
역설의 시간을 죽이며 대기 중이다.

모래 파고들어 앉은
개미귀신처럼……

선물

공짜로 주는 선물이라기에
걷고 걸어서
강마을 숲속으로 간다.

햇빛이 몸을 비추며
비타민 D를 선물한다.

바람이 마음을 열어
황홀한 미소를 머금게 한다.

강물은
변함없는 소리로 흘러가며
많은 생각의 숙제를 준다,

고마운 자연의 선물을 받으러
시간만 나면 산으로 들로

공기마저 은혜로운 감사에
소중한 공짜 선물을
한 아름 가슴에 담아온다.

잔소리 주문

귀여운 아가는 천방지축
막무가내로 뒤뚱거린다.

할머니는 따라다니며 안돼 안돼
노파심에 애간장이 녹는다.

지혜의 길로
자기 몸 태우며 인도하시는 모습에
온몸의 핏줄이 무지개로 꽃핀다.

거칠고 먼 인생길
기본만 지켜도
빛나는 새 길을 갈 수 있다네.

할머니의 한없는 사랑
깊고 든든한 뿌리를 위하여
잔소리 주문을 외우신다.

하루살이

첫눈에 반해
손가락 걸며 살았네,

불타는 사랑
천년을 하루같이

피멍든 가슴도
사랑의 흔적이라고

간절히 새김질하며
황홀한 꿈을 꾸었네.

만추晩秋 1

따사로운 햇살에 바람은 자고
심혈관의 균형이 흔들리는
노을에 온몸이 취하면
낙엽도 덩달아 떨어진다.

소슬바람에도
우수수 빠져 나가는 깃털
풀벌레 소리에도 길을 잃는다.

때지어 날개 접는
노을빛 잔상들
빛나던 추억을 노래하는가.

파르르 날리는 가랑잎들
희미한 숨소리
속울음 삼키며 거리에서 뒹군다.

선혈을 뿜어 올려도
바람은 세월을 탓하고
마지막 잎새를 떨어뜨린다.

만추晚秋 2

벤치에 내려앉은
황금햇살에
색동옷 입은 단풍잎들
바람 따라 떠난다고

눈부신 그대와 마주하면
얼굴이 붉게 달아오르고
계절의 잔열에 눈시울 젖는다고

산그늘에 살짝 숨으면
찬 기운 쏴하니 뼛속까지
외로움에 아파진다고

구름 속 햇살의 숨바꼭질에
가을 잎들 눈이 부시게
이별의 포옹을 함께 나눈다고

돌아보니 1

돌아보니
볼그레한 연지 빛 얼굴
누가 말만 걸어도 수줍어 고개 숙이며
순수의 정신으로 살아온 세월

참을 인(忍)자 세 글자
어머니의 그 말씀
가슴에 품고 걸어온 길

서로의 의견이 맞지 않았던
가족들과의 삶

기도로 의지하고
독서삼매에서 위로 받고

참고 참고 또 참으니
노을빛 꽃술로 익어가게 되었네.

돌아보니 2
-소중한 인연

돌아보니
소중한 인연들이 나를 만들었다.

직장 따라 떠돌이 이사
이삿짐센터를 차려도 될 지난날들이
주마등처럼 지나간다.

셋방살이 주인집 가족은
너무나 훌륭한 분

살아갈수록 고마움 가슴에 품으며
좋은 인연을 오래 오래 간직하면서
정성으로 기도하고
마음은 부자가 되었다.

돌아보니 3

-펜팔

돌아보니
월남전 군인 아저씨에게서 날아온
편지 글씨체가 너무 멋있고
내용도 구구절절
수준 높은 언어들이 재미있었다.

신선한 답장을 하기 위해서
책을 읽고 펜글씨 연습을 하면서
흥미진진하고 치열한 월남전 소식에
호기심이 발동하여 열병을 앓은 게
시의 싹으로 자랐는지 모른다.

돌아보니
펜팔로 주고받은 글 속에서
아름다운 언어들이 자라게 되고
시인의 길이 닦여지게 된 것 같아
월남전 국군 아저씨들이
아련히 그리워져오곤 한다.

연날리기

꽁꽁 언 강둑에서
꽁꽁 언 손으로
발 빠르게 내달리면서 언을 띄운다.

얼레에서 실을 풀면
바람타고 높이 날 때
친구들과 손뼉 치며 신나게 웃었지.

오빠도 동생도 동네 친구들도
하늘 끝까지 날아보고 싶던
호기심 많던 유년시절
연 싸움에 구경만 해도 신이 나고
높이 나는 연을 보아도 신기하고

새해가 다가오고
정월 대보름이 다가오는
겨울밤
아버지의 연 만들기 정성은
액을 땜질하여 소원 성취하라고
꿈을 주신 아련한 꿈에 그리움이 산다.

대나무살과 한지의 균형을
잘 맞추어 조화롭게 만든
가오리처럼 생긴 꼬리 연
소원 성취를 빌고
발 빠르게 내달리며
꿈꾸는 하늘에 연을 띄운다.

제5부
옹달샘을 찾아서

호수

호심 거울에 가을빛이 어른거린다.

울긋불긋 저녁놀 바람결에
살랑대며 노래하는 물결

황금빛 주름이 출렁일 때마다
호수와 하나 된 둘레길

노목의 잎들은 철새의 춤사위
멀어지는 서러운 눈물
심장의 박동이 울려 퍼지듯

하늘을 얼싸안으며
파닥이는 염원의 날개가
무지갯빛 호수에 수를 놓는다.

항아리

속은 비어 있어도
옹기종기 사이좋은 식구들 위해
언제나 배부른 척하셨지.

가족들 삼시 세끼
허기를 채우기 위해
한시도 쉼 없이 동분서주하셨지.

작고 큰 항아리 속은
가족의 보물단지
속이 채워지면
어머니 웃음이 꽃피어나고

속이 비어가면 수심이 가득
항아리 속을 들어다보며
웃고 울던 어머니 모습이
엊그제 같이 선한데

그리움이 살아
비어있는 속사랑
시의 양식을 채우고 싶네.

행운목

엄동설한 온실에서
개업식 축하사절단으로 오셔서
품위를 잃지 않으려고
의젓하게 서있네

화환들로 인맥 자랑하는
가게 앞은 화려하게 빛나지만
가게 안으로 들어가지 못한 채
갸륵한 의지로 손님을 맞는다네.

벼랑 끝자락 떨고 있지만
얼음으로 짜올린 빙벽 울어도
오매불망 비는 마음
간절한 기도로 행운을 꿈꾸며
시나브로 기꺼이 시드는 중이라네.

홍옥

우리 동네 빨간 마트에선
저마다 싱싱함을 자랑하며
뽐내는 과일들이
손길을 기다리고 있었다.

눈에 들어오는 껍질의 진홍색이
찬란히 빛나는 붉은 빛의 유혹
입속에서 군침이 돌며 온 몸에서
열정이 타오른다.

잊어버리고 살았던 불타던 시절
젊은 날의 추억일 뿐

주렁주렁 달린 사과나무 밑에서
유난히도 빨강색만 골라서 먹으며
새콤달콤한 꿈도 많았지

새콤한 그 향기에
그것이 청춘이었다는 것을
세월이 흐른 후 알게 되었다.

꼬부라진 오이

할머니 허리도 꼬부랑
오이의 허리도 꼬부랑

꼬부라진 오이
몇 무더기 쌓아놓고
이래 뵈도 무공해라
맛이 무등 좋다고
꼬부라진 목소리로 말씀하신다.

할머니의 피부색처럼
오이의 거칠고 누런 껍질이
더욱더 강해 보인다.

꼬부라진 오이어도
냉국 한 그릇에
더운 여름은 싸악 사라지고
노각 속 하얀 피부는
할머님 마음속처럼 깊은 맛에 산다.

춘추벗꽃 1

봄날이 그리워 떠나지 못했나.
청아한 풍경소리 친구하며
연분홍 벗꽃 애처로운 가을 길 서러워라

울긋불긋 수놓는 자리 옆에
가을빛 노을.
분홍빛 고운 빛깔로 유혹해도
묵언의 시간 흘러가는 줄 모르고

은은히 울려 퍼지는 범종소리에
연분홍 꽃 서러운 번뇌의 끝자락
휘날리며 사라져가네.

춘추벚꽃 2

깨달음의 고행 길
활활 타오르는 단풍잎 사이
고뇌 속에 핀 분홍 꽃송이
부처님 자비의 미소인가.

희망의 끈을 잡으며
법열의 꿈을 이루고자
웃음꽃으로 피어나는가

마음 비운 자리에 곱게 핀
깨달음의 진리 앞에 합장하며
윤회로 환생하는 꽃송이.

몽돌

몽돌이 심심하지 않는 것은
파도 소리가
흥겨운 노래 소리로 들리기 때문이라고

몽돌이 예쁜 소리를 내는 것은
똑같은 목소리로 화음을 하여
합창하는 즐거움으로 사는 거라고

몽돌의 보람은 황금보다
귀한 작은 생명체들이
돌 무리 속에서 숨 쉬고 사는 거라고

밀려오고 밀려가는 세월 속에
푸른 파도에 씻기어
신이 내린 몸매로 사는 거라고.

노목화老木花

노목에서 향기가 난다
흉터가 난 환부에서
사시사철 팔을 벌린 채
하늘을 얼싸안고 산다,

할머니가 기원하시듯
하늘처럼 마음에 모시고 산다.

사계절 닮고 싶은 줄기와 가지
희망을 주는 새싹들이여
그늘로 한껏 베푸는 시원한 보시
노을에 물들어도
담담한 표정이 경이롭다.

매서운 칼바람에도
흔들림 없는 줄기와
아무리 늙어도 변함없는
희망의 꿈을 꾸고 산다.

별빛

하늘의 별이라도 따준다기에
믿고 살아온 세월
이제나, 저제나
희망을 꿈꾸며 살아온 나날들

바람 잘날 없는 일상
컴컴한 밤하늘 우러러
헛된 꿈이라고 체념도 했지만

내 품안에 안겨온 샛별들
아들 딸 손자 손녀가
작품이라는 것을 이제야 알겠네.

가슴속 별빛 속삭이며
영원한 사랑이라고
어두운 밤하늘에 별빛들이
초롱초롱 빛나고 있네.

낙엽

굴러가는 잎사귀에
사랑 한 줄기 엽신 띄우며
눈물방울을 떨군다.

푸르고 투명한 사랑이
바람 따라 굴러간 세월
추억 속에 아른거린다.

지금도 가슴속에는
푸른 잎이 무성하건만

떨어진 한 잎의 엽신
가슴에 껴안으며

서러움에 모두 사랑했노라고
노을빛 낙엽으로 엽신을 띄운다.

옹달샘을 찾아서

시어(詩語)를 찾기 위해
고서점으로 도서관으로
여기저기 기웃기웃

갈증에 목이 말라
시원한 옹달샘 같은
한 줄기 시어를 찾아 나서네.

어제도 오늘도
영혼의 양식이 되는
해맑은 시어를 찾아
정처 없이 떠돌아다니네.

광한루에서

남원골 왕버들 나무 아래서는
사랑꽃이 계절 없이 피어났다.

춘향에게
죽으면 버들 류(柳)가 되라고 하던
이 도령이
앵무새 앵(鸚)자가 되어
버드나무 위에서 울면
나인 줄 알아라 하던
몽룡의 절절한 사랑타령이
꽃으로 피는 걸까.

오백년 넘은 버드나무 아래서는
나이와 상관없이 수많은 인연들이
별별 웃음꽃으로
환하게 피어나 꽃 사진 찍는다.

광한루의 변함없는 진실한 사랑
대대손손 사랑가 구구절절
행복의 디딤돌이 되어
가슴 가슴마다 꽃을 피운다.

갈대

바람이 일어날 때마다
흩날리는 은빛 머리카락

아득히 밀려오는 회한이
혼신을 뒤흔들며 춤추게 한다.

순백의 손짓으로
매스게임을 펼치며 동심의 세계로
노을진 들녘에서 애상에 젖는다.

갈대숲 사이사이
황혼의 해원풀이
백발이 되어도 뿌리는 청춘이라고
푸르른 날의 신명으로 다시 산다.

바다가 좋아서

바다가 좋아서
바닷가에서 술 한 잔
기분에 취해서 또 한잔

바다가 올라와 앉은
회 한 접시에 가슴을 열고
잔을 기울이고 기울였다.

답답한 삶에서
탈출하게 하는 바다
연신 흥얼거리며 신이 났다.

바닷물이 술이 되어
거센 파도가 춤으로 달려와
어느새 유혹의 손길로 변해
어쩐지 그 속을 알 수 없는
간 큰 것들이 휘청거린다.

야생 귤

독한 시련의 바닷바람이 불어와도
사랑과 감사의 마음으로
그 누구의 보살핌이 없어도
숨비 소리에 익어 가는가.

거친 파도의 노래 소리에
아픔은 사라지고
검버섯으로 얼룩진 삶의 무게가
무겁고 무거워도

새콤달콤 군침 도는 매력의 열매
속살만큼 투명한 보석으로
야생의 순수가 원시를 살린다.

계란

움직일 수 없어요.
날 수도 없어요.
하지만 따뜻한 가슴이
조용히 숨을 쉬고 있어요.

단단해 보이지만
사랑스럽게 조심조심 껍질 속에서
소리 없이 꿈을 키우는
한 생명이 꿈틀거려요

붉고 작은 피톨들
금빛 날개의 꿈을 키우고
힘차게 소리치며
핏줄기 뻗쳐 나가고 있어요.

웃음꽃

손자손녀 오는 날엔
고목에서 꽃피네.

조잘대는 동심에
피어나는 웃음꽃

새로운 신세계를 배우며
하하 호호 하하 호호

손자들 재롱에
입맛이 돌아오고

고매(古梅)에서 꽃피듯
주름살 활짝 꽃물결 이네.

추억

치열한 삶이 시작되는 놀이터에서
태양열도 아랑곳없이
땀을 뻘뻘 흘리면서
온몸을 다해 힘껏 내리치는
고사리 손이 혼신을 기울여
딱지 위에 힘을 가한다.

종이가 귀하던 시절
철없던 동생은 고서를 찢어서
아버님께 혼이 났었지……

종이가 흔한 지금 세상은
종이로 만든 딱지가 아니라
플라스틱으로 만든
만화 캐릭터 멋진 모양

할아버지는 신기해하면서
아련한 추억 속에
웃음 띠며 손자의 동심이 되어
딱지치기 구경에 미소를 머금는다.

이별

맷돌에 어처구니가 빠지듯이
어처구니없이 하늘을 쳐다본다.
달고 달아 쓸모없어져가는 치아처럼.

단단한 맷돌보다도
강한 쇳덩어리도 씹을 수 있을 정도로
강한 치아 두 개 뽑힌 자리는
이별의 연습이라고

온몸의 핏줄기가 멈춰선 것처럼
텅 빈 허공에 둥둥 떠도는
입안의 허전한 이별
꿀맛 같던 음식 맛을 기억하며

허공을 헤매는 바람의 둥지
입안의 소중함을 모르고
살아온 날을 후회하면서
사랑으로 이별의 고통을 받아들인다.

환희

여리고 여린
매화나무 몇 그루
심어놓고 수 없이 그린 그림

꽃망울 터트릴 때 환호하고
매화꽃 필 때 축제의 장이 열리는
기쁨이 엊그저께인데

알토란같은 청매실이
내 손끝에서
항아리 속 설탕 속에 잠기며
침묵 속에 고운 단꿈을 꾸다가

생명의 감로수 되어
새로운 사랑으로 모든 이에게
환희의 미소 띠게 한다.

작품해설

金相和 詩人의 詩世界
禪風的 그리움의 抒情詩學

黃松文

詩人·선문대 명예교수

김상화 시인을 생각하면 먼저 문방사우(文房四友)가 떠오르고, 이광수의 시 「붓 한 자루」가 기억난다. 이 문방사우를 문방사보(文房四寶)라고도 한다. 그만큼 보배롭고 귀하게 여기는 뜻으로 이해된다. 옛 선비들은 문방사우, 문방사보를 삶의 반려(伴侶)로 여겼다.

이광수는 그의 시 「붓 한 자루」에서 "붓 한 자루 / 나와 일생을 같이 하련다. // 무거운 은혜 / 인생에서 받은 갖가지 은혜, / 어찌나 갚을지 / 무엇해서 갚을지 망연(茫然)해도 / 쓰린 가슴을 보듬고 가는 나그네 무리 / 쉬어나 가게 / 내 하는 이야기를 듣고나 가게, / 붓 한 자루여 / 우리는 이야기나 써볼 가이나."라고 읊었다.

이 시를 보면 이광수도 역시 붓을 인생의 길동무로 여기고 있음이 분명하다. 이 시에서 느껴지는 것은 지은보은(知恩報恩)이다. 남의 은혜를 알고 그 은혜를 갚는 것은, 사람이라면 누구나 가지고 있는 인지상정(人之常情)이요 인지당행지도(人之當行之道다. 이광수는 갚기 어려운 무

거운 은혜를 문학작품을 씀으로써 갚겠다는 의도를 드러
내고 있다.

　김상화 시인에게서 '문방사우'가 떠오른다고 모두에 말
했는데, 그 까닭은 그가 붓과는 떼려야 뗄 수 없는 불가분
의 일체(일가)를 이루고 있기 때문이다. 그는 시로 문단에
등단하여 문인으로 활약하고 있을 뿐 아니라, 대한민국미
술대전 서예부문 수상 후 초대작가로 활동해 왔다. 또한
문인화 부문에서도 초대작가로 활동해 왔으며, 시·서·화
(詩·書·畵)와 두루 동거해 왔다. 그러니 그에게 있어서 붓
은 반려가 아닐 수 없다.

　옛날의 붓은 현대로 오면서 연필로, 펜으로, 만년필로,
볼펜으로, 이제는 컴퓨터 워드프로세서로 그 기능이 바뀌
었지만, 김상화 시인은 붓은 붓대로, 워드프로세서는 워
드프로세서대로 현대와 고전을 자유롭게 넘나들면서 혼
용하고 있다.

　김상화 시인의 시세계는 여러 갈래가 있겠지만, 대체적
으로 선풍적(禪風的) 그리움의 서정성이 주류를 이루는 것
으로 보인다.

　　빈집에 무성한 잡초들
　　오랜 지킴이로 자란 상수리나무들
　　어머니처럼 반가워한다.

　　주인 잃은 꽃들은 잡초와 친해졌고
　　이름 모를 곤충들까지도
　　복잡한 인연으로 얽히고설킨 채

새 정 나누며 열심히 살아가는
빈집의 새 주인들이 다망하다.

굴뚝은 무너지고
손때 묻어 윤이 나던 가마솥은 녹슬어
옛 주인을 그리워한다지만,

떠돌던 흰 구름 피었다 사라지는
하늘 저 멀리 떠나신 부모님
가슴 한 모퉁이에 맺힌 이슬 저쪽
정적 속에 아련히 피어오른다.

- 「빈집」 전문 -

김상화 시인이 그리워하는 그 그리움의 대상들은 가령
위의 시 「빈집」의 경우, '꽃들과 무성한 잡초'라든지, '상
수리나무들' '옛날의 부모님' '무너진 굴뚝' '가마솥' 등에
여실히 나타나 있다.

과거에 조부모님이나 부모님이 애지중지 가꾸고 간수
하던 사물들이 세월 따라 퇴락한 정경을 바라보는 시선이
예사롭지 않다. 수목이나 화초, 가마솥, 무너진 굴뚝 할
것 없이 친밀한 사물들이다. 가마솥 아궁이에는 장작불이
지펴졌을 것이고, 굴뚝에서는 조석으로 밥을 짓는 연기가
피어올랐을 것이다.

그것은 생활의 증거요 삶의 증좌였다. 생기 넘치던 생
활의 질서가 인간의 부재로 인하여 퇴락될 대로 퇴락하여
묵정밭처럼 되어버린 생활문화재에 대한 연민과 허무가

뒤엉킨 심리가 반영되고 있다.

아득한 옛날같이
이름조차 잊고 산 물건들이
인사동에 널려 있었네.

그 옛날
할머님이 즐겨 쓰시던
귀여운 골무 하나
반가움에 눈길은 빛나고

두꺼운 솜옷을 만들 때면
최고의 역할로 손가락을
보호하던 귀여운 골무

작고 보잘 것 없어도
바느질 하는 데는
최고라고 말씀하시며
애지중지 여기시던 할머니가
아련히 젖어오고……

골무 위에 예쁘게 수놓은
여러 가지의 자잘한 꽃들
손가락에 끼워보며
전통을 이어오는 이의
손끝이 꽃처럼 아름답네.
  -「골무」 전문 -

윤사월 밤하늘
보름달이 저렇게 고울 줄이야

구름이 바람을 일으키는 건지
바람이 구름을 춤추게 하는 건지

휘영청 밝은 달은
바람과 구름의 춤사위
환한 미소 지으며
개구리의 선풍(禪風)에
푸르른 산천이 깨고 잠든다.

실눈 뜬 내 가슴속에도
이 한 밤이 달님의 가는 곳을
가슴 설레며
달빛 따라 가고 있다.
    - 「윤사월」 전문 -

　김상화 시인의 시 「골무」에서는 '할머니'가, 「윤사월」에
서는 '고향산천'과 개구리의 선풍적(禪風的) 정서가 다가
온다. 문명의 소리가 동(動)이라면, 자연의 소리는 정(靜)
이요, 개구리 소리는 선(禪)일지도 모른다고 갈파한 김규
련 수필가의 지론대로 시끄러운 개구리소리에서 오히려
대자연에서 얻게 되는 선풍적 운치와 격조의 경지를 느끼
게 된다.

따뜻한 아랫목엔
숨소리 잠재우는 포근한 은어
목화송이 피어오른다.

따뜻한 솜이불 속에서
꿈꾸던 시절은
한밤에 내린 눈이 녹듯이
사라진 추억들

흰 머리카락의 증조할머니는
물레야, 돌아라. 세월아, 가지마라
애환을 감아 돌리시고

반백의 할머니는
목화송이로 솜버선 만드시고
버선코에 예쁜 꽃송이 꽃피우시던
아득한 옛날

눈꽃의 할매들이 두런두런
옛날이야기 주머니를 여신다.
            -「겨울밤」전문 -

  시 「겨울밤」에서는 '목화송이'라든지, '솜이불' '증조할
머니' '솜버선' 등이 시각적 색채의식이라든지 형태의식
으로 복합적 이미지를 거느리고 다가온다.

보들보들한 촉감이 좋은
재킷과 핸드백이 유혹한다.

순하디 순한 눈망울을 생각하여
눈길을 피하다가
흥정과 함께 내 손에 넣자

쇼핑백 속에서
애절한 울음소리가
메아리치며 갈등을 일으킨다.

갈기갈기 찢기며
재봉틀 위에서의 잔인한 아픔을
눈물 머금을 큰 눈망울이
욕심에 두꺼워진 마음을
야들야들 무두질한다.
                    - 「송아지 가죽」 전문 -

　　김상화 시인의 시 「송아지가죽」에서는 자연애가 인간애
와 겹친다. 모든 생물은 생명을 잃게 되면 무생물에 불과
하지만, 이 시인은 생존 시와 다름없이 창조적 상상을 되
살린다. 그리하여 송아지 가죽은 찢기고 제본되어 핸드백
이 되는 과정을 떠올리면서 순박한 송아지의 눈망울을 연
상하게 된다. 소녀다운 동심이 살아나는 연민의 시라 하겠
다.

살을 에이는 칼바람에도
갸륵한 눈꽃이 피는가.

새들의 노래 소리
새 희망의 합창이 이어지고

아들을 점지하여 달라고
천지신명께 빌고 빌고
합장하는 꽃송이.

핏빛 서럽게 핀
꽃망울도 아지랑이 가물가물
속눈썹에 서리는가.

눈꽃 속 번지는 꽃향기
고요한 침묵의 파문으로
은은하게 번지는가.
          ─「설중매(雪中梅)」 전문 ─

　그의 시「설중매」에서는 고결한 지조가 내비치고 있다.
첫 연 "살을 에이는 칼바람에도 / 갸륵한 눈꽃이 피는가."
에서 "梅一生寒不賣香"이 연상된다.
　시「푸른 가방」2, 3연(행복의 꽃길을 꿈꾸는 / 막연한
그리움으로 / 따스한 사랑의 체온을 기다리며 // 젊음과
낭만의 꿈길을 / 굽이굽이 돌고 돌아 / 여기까지 왔다고.)
에서는, 미혼 때 지니던 '푸른 가방'을 기혼 때도 지니는

까닭은 청춘을 소중히 여기며 오래오래 간직하고자하는 여성심리가 내비친다.

　인간은 각각 자기대로의 마음의 방 하나씩 지니고 있다고 한다. 그 방엔 본인 외에는 아무도 들어갈 수 없고, 들어갈 수 있는 존재는 신(神)만이 가능하다고 한다. 그것은 하느님에게 기도할 수 있고, 대화할 수 있는 방이기 때문이라는 해석이 가능하다. 이러한 설에 비추어보게 되면 '푸른 가방'의 이해가 빠를 수 있을 것으로 여겨진다.

　　꾸벅꾸벅 졸면서도
　　손자손녀들의 눈망울 위로
　　아른거리는 부채 그림자

　　꿈나라에 사르르 잠들 때
　　솔솔 불어오던
　　할머니의 부채 바람 그리워

　　선풍기도 에어컨도
　　어림도 없는
　　할머니의 부챗살 같은
　　단아한 모습으로
　　언제까지나 바라보고 계시네.
　　-「조모선(祖母扇)」중 일부 -

애잔한 아버지의 눈빛에
햇살의 미소가 피어오르고

입속에 퍼지는 새순의 향취
온몸 깊숙이 그리움을 심었다.

새순을 틔우기 위해
소나무들은 봄바람을 맞이하듯

봄이 오는 길목에서
햇살 같은 아버지
자애로운 소나무 산을 찾아
솔향기 가득한 그리움을 살렸다.
    - 「아버지 햇살」 중 후반부 -

  앞의 시 「조모선(祖母扇)」은 할머니의 자애로운 사랑이
부채에 얽힌 에피소드로 노정되어있다면, 뒤의 시 「아버지
햇살」은 아버지의 자애로운 부성애가 소나무와 햇살의 연
유로 그리움을 재생시키고 있음을 알 수 있다.

고난의 몸부림 속에
고맙게도 한 줄 시어가
번개 치듯
가슴에서 꽃처럼 피어오르면
비로소 환희의 날갯짓
날아갈듯 미소가 피어오른다.

고난의 날들이 아무리 반복되어도
좋은 시를 꽃피울 수 있다면
시련은 차라리 축복인 것을……
　　- 「고고시(孤高詩)」 중 일부 -

　이 시에서는 자쾌(自快)를 느끼게 된다. 고난을 선량하
게 극복한 후의 자쾌는 보람으로 이어진다. 시가 착상되
고, 구체적 형상화로 이어지게 되면 축복이라는 자쾌를 가
져오게 된다. 이것은 희열의 원리, 환희의 원리다. 고난을
통과한 인생의 빨래라 하겠다. 누구든지 이 과정을 거치지
않고는 기쁨을 맛볼 수 없다는 지론은 상식이면서도 아무
나 할 수 없는 달관의 경지를 엿보게 한다.

고소하게 볶은 참깨 알들이
입 속에서 톡 터지는 순간
온몸을 사로잡는 향기가
입맛을 솟구치게 한다.

모두가 부러워하는
신혼부부의 깨 볶는 소리
모든 음식을 맛나게 하는
고소한 사랑노래에 흥겹다.

어느새 혀끝에선 고소함이
구수한 인생의 잔재미 맛에
길들어지고, 길들여지고

뜨거운 열기에도
다툼이 없던 알알의 참깨
참깨 볶는 사랑에
고소한 미소가 피어오른다.
                    -「참깨」전문 -

　미각 이미지로 형상화한 작품이다. 평범한 일상에서 인생의 잔재미를 나타내고 있다. '참깨'라는 사물을 통해서 깨를 볶는 인생의 잔재미를 나타내고자하는 그 창작의도가 건강하고 재미있다. 김상화 시인의 시 중에는 드물기는 해도 앙가주망 시가 보이기도 한다. 「개미귀신」이라든지, 「계란」이 여기에 해당된다.

　견인차가 한가롭게 / 길모퉁이에서 시간을 죽이고 있다. // 기다림에 지친 날은 / 사고가 없는 날 // 여기저기에서 / 불행의 씨앗들이 터져야 / 생계가 이어지는 삶 -생략- 사고 소식을 기다리고 / 역설의 시간을 죽이며 대기 중이다. // 모래 파고들어 앉은 / 개미귀신처럼……
                    -「개미귀신」중 일부 -

　움직일 수 없어요./ 날 수도 없어요. / 하지만 따뜻한 가슴이 / 조용히 숨을 쉬고 있어요. -생략- 붉고 작은 피톨 하나 / 금빛 알맹이의 꿈 / 소리치며 날개로 / 힘찬 춤을 추고 싶어요.

                    -「계란」중 일부 -

위의 시 「개미귀신」이 남의 불행으로 사는 비정한 사회

현실을 고발한 시라면, 그 아래의 시 「계란」은 '계란'처럼
약한 자의 처지에서 측은지심으로 자위하는 태도를 보이
고 있다. 그의 시작품 「침묵대화」에서 보듯이 그가 갈등을
침잠시키고 여과시키는 데는 종교적 신념에 기인된 것으로
보인다. 특히 불교적 소양은 마음을 넓게 하고 정돈하기
때문이다.

　　김상화 시인은 안심입명(安心立命)을 종교와 예술에서
추구한다. 그는 인연된 인간관계에서 행복의 진수를 얻고
자 한다. 그것은 마치 '진주'와도 같은 것이어서 아픔을 겪
지 않으면 안 되고, 거기에서 열락을 얻게 된다. 그가 어떤
인간관계에서 어떤 빛으로 굴절하는지 살펴보고자 한다.

　　　조선요리를 만들 때면
　　　찌개처럼 끓는
　　　무등 맛을 내는 솜씨

　　　어머니의 가슴은
　　　야릇한 바다 속 비밀
　　　지혜와 자비 사리 알맹이.
　　　　　- 「눈빛」 중 후반부 -

　　　눈에 넣어도 아프지 않을
　　　손자 손녀가
　　　"아프지 마세요!" 하고
　　　포옹하며 합창을 하였다.

가늘고 긴, 투명한 줄을 타고
이슬방울 한 방울씩
작은 숨소리 내며
혈관 속에 퍼질 때

아이들의 말 한 마디에
생명의 꽃이 피어오른다.
　　　- 「말 한마디」 중 전반부 -

반백년 세월에
까맣게 잊고 살던
빛바랜 초등학교 졸업사진

기억초차 없는 친구들이
사진 속에서 순수한 모습으로
포즈를 취하고 있네.

카톡에 올렸더니
코흘리개 친구들이
동심의 세계로 추억을 퍼나르느라
웃음꽃을 피우네.

풍파 심한 세월
무사히 견뎌온 친구들
아득한 과거 돌아보며
추억을 수다 떨고 있네.
　　　　- 「흑백사진 1」 전문 -

앞의 시들은 어머니와 손자손녀와 친구들 사이에서 굴절하는 진주 빛을 편하게 내고 있다. 이 책에는 110편의 시가 5부로 나뉘어 22편씩 수록되어있다. 앞으로도 앞에서 거론한 「빈집」과 「골무」 「겨울밤」 등에 표현된 선풍적 서정시학을 더욱 선명하게 굳히기 바란다. 김상화 시인은 詩와 書畵에 있어서 연륜이 깊어질수록 관조와 격조가 더욱 넓고 높고 깊게 하리라 여긴다.

붓끝에서 피는 꽃

초판　　1쇄 인쇄일　| 단기 4351년 (서기 2018년) 8월 16일
초판　　1쇄 발행일　| 단기 4351년 (서기 2018년) 8월 21일

지은이　　　　| 김상화
펴낸이　　　　| 황혜정
인쇄처　　　　| 삼광인쇄
펴낸곳　　　　| 문학사계
　　　　　　　등록일 2005년 9월 20일 제318-2007-000001호
　　　　　　　서울시 송파구 강동대로 61-4, 2층
　　　　　　　Tel 02-6236-7052

배포처　　　　| 북센(031-955-6706)

ISBN　　　　　| 978-89-93768-54-1
가격　　　　　| 10,000원